京沪竹枝词

（修订本）

曾彦修　著

人民东方出版传媒
東方出版社

本书作者敬注：

上叶条幅为上世纪八十年代友人孙邦铎君在广州小岛休养地向陆定一索乞墨宝时，也顺便为我代乞的一幅。定一同志挥毫写此。前辈教言，自当终身谨守为务。

千锤万凿出深山
烈火焚烧只等闲
粉身碎骨浑不怕
要留清白在人间

于谦诗

万彦修同志

陆定一 七十八岁

陆定一

京沪竹枝词◎

《京沪竹枝词》（修订本）出版说明

为纪念本社原社长、总编辑曾彦修同志百年诞辰，特出版曾老《京沪竹枝词》一书的修订本。

作者生前对二〇一〇年初版本亲自作了修订，本版据此排印，增加了《歌鲁迅》、《日本京都岚山敬谒周总理诗碑》、《送百岁老人马识途返成都》并附马识途老人赠诗二首（其二为本书编辑补入）、《悼刘元彦》、

封面题字：王以铸
特约编辑：吴道弘
责任编辑：冯　瑶　陈汉萍
责任校对：吴海平
整体设计：周涛勇

图书在版编目（CIP）数据

京沪竹枝词 / 曾彦修 著 . —修订本 . —北京：东方出版社，2019.11

ISBN 978－7－5060－8967－8

I. ①京…　II. ①曾…　III. ①竹枝词－作品集－中国－当代　IV. ① I227.8

中国版本图书馆 CIP 数据核字（2016）第 040703 号

书　　名：京沪竹枝词（修订本）
拼　　音：JINGHU ZHUZHI CI
著　　者：曾彦修
出版发行：东方出版社
地　　址：北京市东城区东四十条113号　100007
邮购地址：北京市东城区东四十条113号人民东方图书销售中心　100007
邮购电话：010–85924663　85924644　85924641
印　　刷：北京尚唐印刷包装有限公司
经　　销：新华书店
开　　本：700mm × 1020mm　1/16
字　　数：13千字
版　　次：2016年11月第1版　2019年11月第2版第1次印刷
印　　张：15.75
书　　号：ISBN 978–7–5060–8967–8
定　　价：80.00元

京沪竹枝词（修订本）

《王以铸〈咸宁杂诗〉诗卷题后》二首、《赠王以铸》、《赠殷国秀大姐》，共收录曾老所作『京沪竹枝词』五十首。本版选书部分，仍根据曾老生前要求，从原来九首增加至二十首，并由吴道弘同志重新书写。

二〇一九年

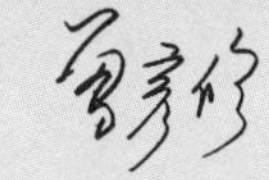

（1919—2015）

摄影　马立国

今竭数日之力勉强回忆，尚能忆出一些，录出供阅者一笑。个别七律体是友人代为存放的，今附此。又，本诗稿大体按照格律诗写，凡出格之不荒唐过甚者，听之。

又，老同事吴道弘先生书法甚佳，特恳请他赐予法书数幅，在此敬致感谢之忱。

（二〇〇九年十二月上旬）

贈殷國秀大姐

江南佳麗自英豪
七十年前着戰袍
東江遇敵幾成鬼
一身正氣敵吾曹

曾彦修敬呈

貳千零壹叁年拾壹月吳道弘恭書

京沪竹枝词

（修订本）

京沪竹枝词◎选书

京沪竹枝词◎

一〇一

一〇二

悼刘元彦

天公降下一凤凰
飞出豪门为救亡
数载艰辛何所望
终看四海五星扬

曾彦修哀挽

京沪竹枝词◎选书

赠王以铸

月白风和浅浅溪
先生胸底净无泥
偶拾闲情三五句
淡泊天然

滕祖继

二零一二年七月

九十自励

碌碌庸庸度此生
八千里路月和云
夜半扪心曾问否
微觉此生未整人

送百岁老人
马识途返成都

马老识途早
苦战大西南
明朝还故国
莲荷应满田

曾彦修敬祝
二〇一〇年五月于北京

贺王春瑜先生新书出版

先生下笔必有神
三言两语是非明
纵使洛阳不纸贵
世说于今有继承
（其一）

文史何须作主张
旧矩新规涉殿堂
老牛哞哞怎合调
劝君改颂秦始皇
（其二）

游九寨沟

团团溪水碧红蓝西岸林丛插进天百代寂寥今似昔何处人间胜此间

看奥运女撑竿跳

何处飞来一女神婷婷袅袅世无伦天鹅振翅翩翩起人间诸美瞬时呈

京沪竹枝词◎选书

狼牙山五壮士

敌寇追来似虎狼，亡刀黄剑更难藏。纵身一跃岩千丈，为此中华孰予亡。

颂德国勃兰特总理

民族冤仇海样深，希魔杀人胜杀牲。勃公一跪惊天下，世人何不学先生。

颂卢作孚

一生布服一生清拳空手
赤创民生最是全拼打
抗战天下仰人不颂君

悼焦裕禄 其四

沙丘遗嘱葬遗身纵目
平荒景物新三十六万
人称颂绿染沙原泪满
襟

哭洗星海

七载巴黎究乐音一曲黄河波内惊国人引领聆新曲却送神京学圣经

歌陈独秀

峻拔亭亭山上松急风骤雨晚来凶久倡无産源专政终和全球民主风

歌朱德总司令

红軍之父久驰名十六字
诀鬼神惊岁月悠悠人
似隐最惜蘭花数百盆

悼张学良将軍

将軍之茔何处寻萬里
涛中一小墩闲看古今中
外史何人曾有此奇勋

悼周总理

大地凝寒举国悲
鞠躬尽瘁巨星垂
行矣不回周总理
忍睹江山付与谁

京沪竹枝词

（修订本）

京沪竹枝词◎选书

日本京都岚山敬谒
周总理诗碑
（一九八零年九月）

林深水浅鸟低飞 日本岚山
画里诗首道旁斜 出汤豆腐
绝佳之处是诗碑

特载

京沪竹枝词选书二十首

吴道弘

柘林镇外挑菜途中口占

柘林东望海汪汪
五百年前宰杀场
世事而今惟自创
仰视云天泪眼花

注 诗题原为沪南奉贤县柘林镇外挑菜途中口占

京沪竹枝词◎选书

赠殷国秀大姐

（二〇一三年）

江南佳丽自英豪，七十年前着战袍。香江遇敌几成鬼，一身正气教吾曹。

王以铸《咸宁杂诗》诗卷题后二首

其一

澹泊诗篇澹泊人，不求藻丽但求真。最喜终生勤学问，愿与王郎共一樽。

京沪竹枝词◎王以铸《咸宁杂诗》诗卷题后二首

其二

我亦公荣辈，王郎与饮无。老来高血压，不醉已胡涂。

注：此两首大约成于一九八〇年，是附在审稿意见中退回去的。

『公荣』晋人，喜欢喝酒。见《世说新语》。

悼刘元彦

天公降下一凤凰，飞出豪门为救亡。数载艰辛何所望，终看四海五星扬。

赠王以铸

（二〇一二年七月）

月白风和浅浅溪，先生胸底净无泥。偶拾闲情三五句，淡泊天然胜祖维。

注：『祖维』指唐代诗人王维。

其二

京门不意见曾公，劫后相逢热泪涟。笔伐千张遵圣谕，口诛百舌岂众音。为护众僚甘自罪，怒抗狂潮敢捐身。豪气犹存人共仰，苍天竟不佑斯人。

二〇一四年六月，于北京偶见曾公彦修。多年不见，感慨系之。赠我六记，读之泪涟。正欲回赠，今年忽传噩耗，竟溘然长逝，痛何如之！作七律一首，以焚灵前。

二〇一五年八月　百另一岁叟　马识途

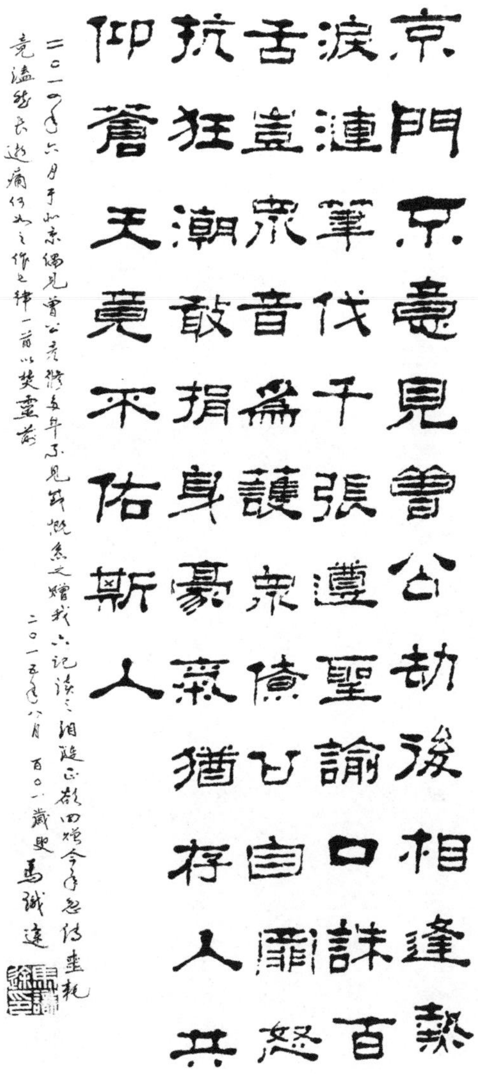

附

马识途老人赠诗二首

其一

又见曾公号彦修，杂文泰斗谁能侔。少年豪气依然在，漫对炎黄说春秋。

二〇一四年六月二十日于北京又见乡兄曾彦修，多年不见，相见灿然，感慨亦多，唯豪气不减当年。席间口占七绝一首，未计工拙，书以赠之。

百另一岁叟马识途

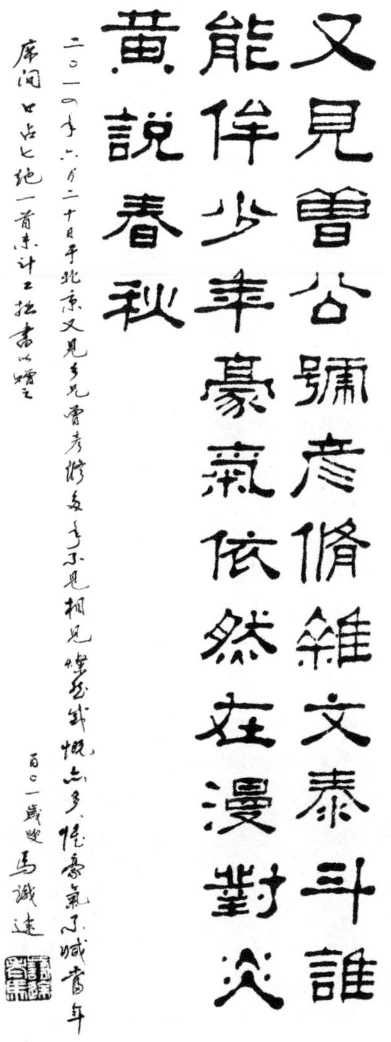

九十自励

（二〇〇九年）

碌碌庸庸度此生，八千里路月和云。夜半扪心曾问否，微觉此生未整人。

送百岁老人马识途返成都

（二〇〇九年）

马老识途早，苦战大西南。明朝还故国，莲荷应满田。

看奥运女撑竿跳

（二〇〇八年）

何处飞来一女神，婷婷袅袅世无伦。天鹅振翅轻轻起，人间诸美瞬时呈。

偶感

（二〇〇八年）

今人伟业胜前人，这边鸟屋那边坟。还有集装箱一个，是非何必问思成。

注：『思成』梁思成，古建筑学及城市规划学家。

观陈、朱、黄、巩诸家小品剧有感

（九十年代）

人间百态活灵灵，诸公一现九州欣。笑极还须有眼泪，多为工农说几声。

注：陈指陈佩斯、朱指朱时茂、黄指黄宏、巩指巩汉林。

看电视有感

（二〇〇七年）

满城均是黄金窟，分分秒秒是黄金。遍地黄金何所碍，先生毋乃太昏昏？

闻江青等被捕

（一九七六年）

海上忽闻天声震，人间活捉四人帮。倾城出巷锣兼鼓，远胜当年日本降。

注：『远胜』捉『四人帮』后，上海庆祝游行气势之大、之烈、之久，令人骇异。询之老上海，云，此次游行，在各方面均较一九四五年日降时热烈得多。

咏江青

（一九七六年）

海上曾参救国潮，狼山喋血始名标。明星应属二三等，却把中华烤个焦！

注：江青一九三六年前后在上海参加过救亡运动。《狼山喋血记》可能是其初演电影名称，在当时未引起多大注意。

注：

『四字真经』　林约在一九六三年后，观时察世，不断提出各种四字真经，如『四个第一』，『四个伟大』，『四个念念不忘』，等等。举例便可明白一切，如『念念不忘阶级斗争』，『念念不忘高举毛泽东思想伟大红旗』。花样翻新，货源不断，地位遂也剧升，唯待极期而已。极，天子之位。登天子位，即登极，今多误为『登基』。

『朝奏』　一九七一年在某会议中，林坚主新宪法中应设国家主席一职。当时情况，只有赞成设立与不设立两种选择可能。谁都可以设想，当以选择『设立』的安全系数较大。

『几率』　数学名词，现在通释可能是『概率』。大意即可能率。历史上的译名甚多，有『或然率』、『盖然率』等，意思均同，恐以『可能率』最易解，但无此译法。在上述事件中，人人都必须二者选一。

注：

『任公』 梁启超字卓如，一字任甫，人多尊称为任公。本人一九四一年曾面聆陈说，写文章要学梁启超，笔尖常带感情。

『天才』 陈一九七〇年在某会上坚持称颂领袖为『天才』，自以为是习惯用语而已。

说林彪

（一九七一年）

四字真经帝业开，一封朝奏滚将来。敢问世间谋策士，几率是摔或不摔？

咏康生

（一九七五年）

史艺全通盖世聪，所肩担子不轻松。一朝转为思想监，先生胜过日丹公。

注：监，读为『鉴』，作名词用。『日丹』，指苏联长期的思想总监日丹诺夫。日公死于一九四八年夏，死后获『伟大马克思主义者』之唁电，康生死后也获相同评价。

咏陈伯达

（一九七〇年秋）

伯达先生事事通，自诩文章学任公。天才应属双保险，何期为此倒栽葱。

说洪秀全

（九十年代）

不第生员想作官，假作癫狂闹个欢。凑尽古今妖孽事，天王天帝一肩担。

注：此是上世纪九十年代读上海复旦大学潘旭澜教授论太平天国诸论文时的戏作。洪秀全考县学生员（俗美称为『秀才』）屡试不中后，忽生妙计，不食不眠，狂疯狂闹。数日后忽转世清醒，谓『天父』附体，无所不能。一般常见书以范文澜《中国近代史》对此事讲得较详。

笑勃先生

（二〇〇四年）

久闻阁下甚豪奢，个间别墅却一层。御前待诏喝无酒，教条捆死勃先生。

京沪竹枝词◎笑勃先生

注：『勃先生』 勃列日涅夫，一九六四——一九八二年苏共总书记兼最高苏维埃主席团主席。据苏《真理报》总编辑阿法纳西耶夫回忆录，勃在远郊别墅区有一四层楼屋，勃居一层，馀三层则尽属其他工作人员。此处别墅看来是很重要的一处，打猎飙车均在此处，随行助手起草文件也在此处，总规模似相当大。又，其笔杆群（待诏）也只得唱『长铗归来乎，喝无酒』。某日，待诏班中某人弄得一瓶伏特加，怕被共产，不敢声张，但拉着阿法纳西耶夫，二人钻入草垛中，喝完酒后再出来，被众人骂得要死，可见其物资之匮乏如此。而勃氏又不敢改革。以勃氏当时之高度权力，如施行改革，难处相对少于他人。

注：一九七〇年十二月七日，联邦德国（当时习称『西德』）勃兰特总理在波兰作国事访问，专程来到华沙犹太人死难者纪念碑前谢罪，他突然双膝跪地，为希特勒德国时屠杀犹太人的罪行认罪、赎罪，感动全球，德意志民族声誉遂为之一振。其后，一九九五年六月，德国总理科尔，又在纪念碑前双膝跪地请罪赎罪。

闻波尔布特死讯后

（二十一世纪初年）

百代妖魔百代凶，波尔布特杀人疯。
泉下希魔高举臂，首席屠夫献老兄！

家英同志聪明特异，记忆力之强，尤所未见。于古诗文之短篇佳作，均是过目成诵。其最喜背诵者，为贾谊《过秦论》，如此长文，随时背诵如流，一气到底。知此情形者，当不止一人。我与家英同志在抗日战争及解放战争年代，曾四次同住一间小窑洞，熟知其晚间每以背诵（从来不用书，全部是背诵）古诗文为乐。其背诵古诗文时，豪放与目中无人之态，憨然可掬。『何哉？仁义不施，而攻守之势异也！』（贾谊：《过秦论》）此情此景，至今犹在耳目，能不痛哉！

颂德国勃兰特总理

（九十年代）

灭族冤仇海样深，希魔杀人胜杀牲。
勃公一跪惊天下，世人何不学先生？

斯民哭健儿。

亩产千钧四海喧，春来何事少炊烟？乡村遍历容颜槁，但畏人民不畏天。

伤时忧国太情深，千载文章喜过秦。口碑独立斜阳里，为君我愿作驴鸣。

注：第一首一九六七年夏作，馀一九八〇年三月作（均已发表过）。

『驴鸣』《世说新语》『伤逝』门载：『王仲宣（按：即王粲）好驴鸣。既葬，文帝临其丧（按：指曹丕，时尚未为魏文帝），顾与同游曰：「王好驴鸣，可各作一声以送之。」赴客皆一作驴鸣。』此处指沉痛而不拘形迹。又，『遂为斯民哭健儿』是鲁迅悼杨杏佛诗中的一句。一九六七年（或一九六八年）夏，一批抓『叛徒特务走资派』的小分队，自外地来沪找我外调。答以某君之事我知甚少，转介十馀人。俱云：『一个也不能见了。』再告以田家英，回答更是如雷轰耳：『田家英早已死了！』（原话当然比这难听得多）当天，我即在牛棚中一面请罪，一面思想开小差，偷偷地吟成了上列的第一首诗。我于一九三七年暑期中初识家英同志于成都，故有『锦城风雨』之句。

注：以上四首诗写于一九六五年报载焦裕禄详细感人事迹之后。时焦重病，任河南兰考县委书记，目睹全境饥寒交迫、流亡乞讨，惨不忍睹，遂以救民为第一，其他『革命』任务，暂时不顾。他以重病之身，历访全境父老，寻求固沙良策。终悉泡桐易活，可以固沙，并从而逐渐解决农耕问题。但焦本人则因重病过劳，肝疾而死，县境人心之悲痛程度，非本诗所能表达于万一。

悼田家英

（一九六七年和一九八〇年）

侦骑汹汹戚耗传，锦城风雨忽
凄然。贾生泉下迎新客：世上
于今革命难？

年少英资未足奇，一生奋勉最
宜师。书生不解逢迎术，遂为

悼焦裕禄

（一九六五年）

兰考尘沙滚滚汹，邑有流亡世世穷。焦君抱病探民苦，终悉流沙附泡桐。

泡桐今日已成林，碛里繁花分外欣。顺应自然来改进，而今禾黍美于茵。

人民牛马数焦君，当代愚公树典型。万事前提温与饱，离此何须作论评。

沙丘遗嘱葬遗身，纵目平芜景物新。三十六万人称颂，绿满沙原泪满襟。

哭冼星海

（八十年代）

七载巴黎究乐音，一曲黄河海内惊。国人引领聆新曲，却送神京学圣经。

狼牙山五壮士

（五十年代）

敌寇追来似虎狼，无刀无剑更难藏。纵身一跃岩千丈，如此中华孰可亡！

注：狼牙山在河北省易县境内。一九四一年抗日战争时，八路军有五战士被日寇追迫，枪弹俱尽，退至悬岩边时，壮烈跳岩殉国。

注：『起应』 周扬原名周起应。

『新现实』 三十年代上海革命文学界，多将苏联之『社会主义现实主义』，改称为『新现实主义』，以逃避国民党之书报检查。

『先机后机』 右倾机会主义。一九六六年周扬即被诬为『反革命修正主义』『文艺黑线』之首。八十年代后又被视为『资产阶级自由化』之首。

惜曹禺

（九十年代）

雷雨声声艺界惊，如此天才旷世稀。

纵有如君大手笔，巧妇难烧政治炊。

歌夏衍

（九十年代）

先生党籍中山荐，十载艰危战沪滨。地下改良新影业，夏公原是信陵君。

注：夏衍，本名沈乃熙，沈端先也是笔名。一九二五年孙中山先生北上，自粤乘舟过日本码头转塘沽。沈以留学生代表登舟向孙致敬。孙即面示沈等加入新改组成立之国共合作的国民党。

悼周扬

（九十年代）

三湘才子多革命，益阳少年周起应。一生坚持新现实，先机后机何厄运。

颂卢作孚

（九十年代）

一生布服一生清，拳空手赤创民生。最是全拼打抗战，天下何人不颂君！

注：『民生』 民生轮船实业公司之简称。公司以航运为主，总公司设重庆。曾将英、日等航运船挤出四川，并设置渝沪直通航线，第一次打破西蜀长期闭锁环境。又，卢作孚所创办

之事业，远不止航运一事。例如，重庆附近之北碚乡村建设实验区，除多种工矿学校外，又设立中国西部科学院(有地质、化学、生物、农林等研究所)。本人曾是先生创办之北碚兼善中学毕业生，又曾做过上述科学院地质研究所之小练习生。

『打抗战』 四川民间多习称抗日战争为『打抗战』。一九三八年武汉撤退前后，先生亲在宜昌指挥民生公司大量轮船抢运机器、物资入川，日夜不歇。为了救国，决心船尽人亡，令人感泣。一九五二年不幸去世。

注：『红楼考证痴』报载，先生遗物中，有大陆版周汝昌《红楼梦新证》，并有批注。又，末句得王以铸兄盛赞，喜不自胜。一句诗为行家认可，甚于得万两黄金。

悼张学良将军

（二千年代初）

将军之墓何处寻？万里涛中一小墩。阅尽古今中外史，何人曾有此奇勋。

注：

『亭亭山上松』 汉末建安诗人刘桢诗：『亭亭山上松，瑟瑟谷中风。风声一何盛，松枝一何劲。冰霜正惨凄，终岁长端正。岂不罹凝寒，松柏有本性。』

『晚来汹』 陈独秀一九三七年七月抗日战争后出狱，一九三八年在武汉受苏联新杀布哈林等之命，王明等盛诬陈独秀为日寇汉奸，一时喧闹甚烈。

咏胡适

（二〇〇九年）

胡适先生胡所思，终身探索胡适之。至死不干名与位，犹是红楼考证痴。

注：陶铸同志的家乡湖南祁阳县，在湘江与其支流潇水的汇合处附近。又，《诗》云：『桃之夭夭，其叶蓁蓁』。又，陶有著名散文《松树的风格》。

歌陈独秀

（九十年代）

峻拔亭亭山上松，急风骤雨晚来汹。久倡无产须专政，终和全球民主风。

注：『挺一身』『文革』开始不久，即大揪所谓『六十一人叛徒集团』。张闻天以此历受威胁，要他否认陕北曾批准此项行动。张绝不屈服，但一切直说又多有不便，便始终坚挺这是由他一人复电批准的，绝不改口（因一九三六年时张有此代表权力）。

哀陶铸

（一九七八年）

人人都说潇湘好，其叶蓁蓁树一桃。兼才兼德南中美，敢为敢作世间豪。鬼蜮刀前曾傲啸，林江门下岂弯腰。身为松柏遗书在，岭上梅香阵阵飘。

注：

『十六字诀』即『敌进我退，敌住我扰，敌疲我打，敌退我追』的游击战术。多年来报刊引用历史资料，查明这一系统战术，是民国初年朱总在滇军服役时，与大股匪军作战时形成的。又朱总一生喜爱芝兰，居室多有兰花为伴。『文革』发动前两年，破『四旧』，毁园林之风即已贯彻到全国各基层单位（我曾身受，非传闻），朱总之全部据云数百盆兰花也不得不被迫全部撤去。

述张闻天

（八十年代）

先生才德两芳芬，亦曾被赞作明君。
庐山昧死陈民苦，『文革』灾来挺一身。

日本京都岚山敬谒周总理诗碑

（一九八〇年九月）

林深水浅鸟低飞，日本岚山画里诗。道旁斜出汤豆腐，绝佳之处是诗碑。

歌朱德总司令

（二〇〇八年）

红军之父久驰名，十六字诀鬼神惊。岁月悠悠人似隐，最惜兰花数百盆。

毛泽东颂

（二〇〇九年）

滕王阁畔卷红旗，井冈山上苦支撑。百折千回谁使舵，天安门上国旗新。

悼周总理

（一九七六年一月）

大地凝寒举国悲，鞠躬尽瘁巨星垂。行矣不回周总理，忍睹江山付与谁！

注：

『从此中华万万年』 指先生领导之革命，挽救了中华于亡国之边缘。之前，只有帝室兴亡之说，而无国家民族兴亡之念。至此，数千年之谬说得以澄清，国家乃全民族之国家，也从此建立起中华万万年之观念。

歌鲁迅

（二〇一一年）

鲁迅文章万古妍，无文不是爱轩辕。针砭诚多锋与砺，唯望吾华万万年。

游九寨沟

（九十年代初）

团团溪水碧红蓝，两岸林丰插进天。百代寂寥今似昔，何处仙乡胜此间？

注：『团团』九寨沟之溪流，均由大小不同、颜色各异之湖池、水氹连属而成，与一般溪流迥异，故曰『团团』。或一湖一色，或一湖数色，非『人间仙境』一词所能道出其美妙于十一。

颂孙中山

（二〇〇九年）

国运沉沉久梦酣，狼吞虎扑命如悬。先生一啸炎黄起，从此中华万万年！

谒武侯祠

（九十年代初）

小儿不准尊诸葛，人心向背假
装痴。门外堂堂昭烈庙，民间
偏叫武侯祠。

注：『小儿』指三国蜀汉后主刘禅。诸葛死后，此子严禁各地奉祀诸葛。成都郊外武侯祠，实非武侯祠，是奉祀刘备的『蜀汉昭烈庙』，诸葛只有最后一配享小殿。该祠印有详细说明此事资料。至今该庙大门屋檐下始终悬的是『蜀汉昭烈庙』的大字金匾。

杭州纪行

（九十年代初）

美尽江南不敢观，人山人海胜湖山。唯有岳飞静如故，鞠躬礼罢略心安。

注：岳飞，此处指岳坟。

宁沪车中即事

（九十年代初）

宁沪车中举目惊，两边尽是假三层。绿满江南能再否，十年之后食河豚？

注：『假三层』指田中新建楼房，密似繁星。河豚，指此段长江中盛产河豚鱼，味极美，然鱼卵、脏、血等有剧毒，须整治有方始可食。

登黄鹤楼

（九十年代）

黄鹤多灾焚几次，今朝又上黄鹤楼。纵目江山惟锦绣，倚杖临风涕泗流。

注：『多灾』据资料，黄鹤楼初建于三国东吴时。仅明至清光绪时期，已被焚七次。解放后八十年代所建新楼，高伟雄壮，全部木纹，但又无丝毫木质结构，以兹永固。登楼四望，美不胜收，一时感奋而泣。

秋收小语

（一九七一年）

稻叶满田子实稀，八字宪法见高低。
耕田不是玩魔术，宇宙焉受一人驱？

京沪竹枝词◎秋收小语

注：一九七一年，在『五七』干校种田时，上面忽又想起一九五八年『大跃进』时之盛事，为了表忠心，又要恢复一些『大跃进』时的做法，这便是强令『小株密植』，在田中拉起绳索，插秧时一定要『纵三横五』，即株距三寸，行距五寸，说这是『农业八字宪法』云云。我和耿庸二人，更是终日在田中手撒肥田粉和手压杀虫喷雾剂不断，其结果自然不妙。据云，每亩稻谷成本为四五百元左右，而每斤普通大米则为一角三分。

半夜犁田记趣

（一九七一年）

半夜起犁田，耿庸刚出监。我
争先上耙，一鞭滚下来。

京沪竹枝词◎半夜犁田记趣

注：我单位造反派激烈分子，于一九六六年秋『文革』开始不久后，把刚出狱几个月的『胡风分子』郑炳中（耿庸），又重新打为『现行反革命分子』。因此，到『五七』干校后，他是特别贱民，只能终日坐在粪车草棚中交代罪行。犁田、耙田之事，非我一人所能承担，我便请求将郑也放到田中劳动。插秧前一晚，必须通宵把田耙平，第二天才能插秧。半夜耙田时，我抢先爬上耙去。哪知扬鞭一声『驾』，我立即滚下耙来。如此者再三。最终还是郑厉害，他终于站稳，我只能在前面俯首甘为耿子牛了。

田中一夜雨

（一九七一年）

廿载天天斗，人情已似冰。田中一夜雨，无人问冷温。

京沪竹枝词◎田中一夜雨

注：一九七〇年或一九七一年初夏，某晚彻夜有雨，我遂整晚在田间管理放水事。但雨停后如久不封口，第二天又会形成干涸现象。我不得不彻夜在田中管水。次晨，我从田中回住地时，众人目睹，露同情色者虽多，但无人敢问一声辛苦，可见当时社会情况之一斑。

抬沙一月不通名

（一九七〇年）

殷勤建猪舍，抬沙万把斤。竹杠两头客，自始不通名。

京沪竹枝词◎抬沙一月不通名

注：一九七〇年到奉贤柘林『五七』干校后，我的本职是专职管水员，但有额外重劳动，连上又派我同时替猪舍工程运料。我的分工是抬料，包括黄沙、碎石、水泥包等。与我共同抬料的人，前后约一月，彼此未通姓氏，以减少麻烦。（后听说此君姓金，是一文史专家云。）

拔稗吟

（一九七一或一九七二年）

拔起三茎稗，吟成两句诗。田中无日月，国事将何之？

田间偶遇

（一九七一或一九七二年）

野老田间遇，均是走资帮。相逢如不识，速别去莳秧。

注：我在水田区的多条泥路上，曾几次偶遇原上海市出版局某局长、处长，又数遇某些出版社社长，颇觉奇异，怎么都当了『水利部长』？彼此假装不识，迅速各走一方，以免引起麻烦。

特载

京沪竹枝词

（修订本）

京沪竹枝词（修订本）

目次

京沪竹枝词（修订本）

原版说明

本册所载之若干首五绝与七绝式通俗诗歌，命名为竹枝词者，是欲示其俗陋性、口语性。但即此也纯属高攀，其实就是顺口溜，与唐人之七绝竹枝词，相距何可以道里计。一九七〇年后，我到了上海奉贤柘林海边的上海市新闻出版『五七』干校，立即自报水利管理员，我深知此事之辛劳，但也知此事可终日一人不分昼夜在田间劳

动。如遇瓢泼大雨时，半夜也必须到田间去放水，否则田禾漂起，全部死掉。此事立即被批准。遂得连年终日在海边整治水田，合法地逃掉了很多天天读、天天斗、天天唱（样板戏）等事情。终日与云、天、水为伴，又多系一人，难免时有遐思。自陈伯达、林彪事件后，感到似有所松动，在注意灌溉情况时，有时不免在脑中默默胡诌数句，藉以抒忧解劳。本册所载即起源于此时，以后也有如此者。此中绝大多数为当时成于脑中的顺口溜，并未曾录出，